JN244008

銀河短歌叢書9

現代鳥獣戯画

岡田美幸 歌集

歌集　現代鳥獣戯画　目次

Ⅰ　現代鳥獣戯画

Ⅱ　機械仕掛けの夢

Ⅲ　メロンに傘

Ⅳ　あんとるめ

歌集

現代鳥獣戯画

岡田美幸

この本を作るにあたり伐採をされた木々らの冥福を祈る

I 現代鳥獣戯画

いきもの

生きていくことはたとえば続く雨　もぐらは溺れないのだろうか

子うさぎの心臓の音に合わせて囁くように降る春の雪

野良猫を集合させてさあやろうのんびり者の世界大会

おしゃれして人間ごっこは楽しいなたまにはカエルになりたいけれど

子供用布団の柄のくまさんも眠ってきみとゆめをみている

アキレスのいない世界で亀たちは息継ぎをしてゆるゆる沈む

天空は空(から)の水槽　鳥たちは空を泳いだ命の一種

ふあふあの翼で空をかき混ぜて鳥は夕日の黒点となる

終わらない夢にしようよカナリアと見たビー玉はこわれない、はず

タートルはトータル何匹いるでしょう鶴亀算は足がいっぱい

獺祭(だっさい)は楽しそうだなピザを持ち私も入れて人間だけど

辿り着く為ではなくてその馬はただただ走る為に走った

盆栽の葉たちがつくる木もれ日でてかてかとした虫が安らぐ

ふわふわのいのち　ふれあいコーナーのひよこきょろきょろ明るい鼓動

あさがおの卵をひとつ埋めました　みんなは種と呼んでいました

父さんにおんぶをされて眠るぼくコアラの夢の中に行けるよ

かたつむり歌えばきっとうたつむりト音記号の形のからだ

解凍をしたトンカツを食べながら思う凍土の中のマンモス

薬局の看板蛙は大海を見たことがない連れて行こうか

全世界の祭りをすべてこの時にしたらうるさいよね、カメレオン

無理をして心の穴を埋めなくていいよもぐらがそこに住めるよ

ヒト型のいのち言葉があったから「わたし」の形をつくっていける

虫かご

掌にぴっかぴかしたかぶと虫　夏の終わりを一緒に見よう

虫用の飼育ケースをジオラマに小さなサファリは広がっている

ガムボールマシンの中でありんこが6本脚の玉乗りをする

雨庭に鈴虫売りがやってきて見たことのない煙草をふかす

差し出した指に蝶々が乗ったのに後でその手の消毒をした

コンビニの隅の方から鈴虫の鳴き声がする割と大きく

月さえも眠り巣にいる蟻たちは昆虫式の寝息をたてる

ヤゴの時なにを祈っていただろう蜻蛉の背にはステンドグラス

舞う蛍みたいな今を手作りの虫捕り網で捕まえてゆく

標本が欲しいと言えば夢でなくカタログになる昆虫図鑑

けぶり立つ真白き蝶はめいめいにカンテラを持ち季節を渡る

水族館ダイバー

マンボウに白目があって目が合った水族館は屋上だった

「ぼく、りくのいきものだってわすれてた」水族館で擦りむいた膝

いくたびも脱ぎ捨てて来た抜け殻は今ごろ海で水母(くらげ)になった

水彩の光をたまに浴びながら海底散歩するナマコ姫

餌付けショーを拒むラッコが撫でているおなかの上のすべすべの石

無回転寿司屋に行けば会えるかも海を知らないウミガメの子に

マンボウと泳げばきっと怖くない宇宙の果ての夜のかたまり

海底を歩くナマコがしっとりと踏み越えてゆく光ファイバー

ぷにぷにの羽がかじかむクリオネは閉館を告ぐカノンが好きだ

現代鳥獣戯画

にんげんに仮装している命です家に帰って何か食べたい

エアコンの吐息に一番愛されて部屋の数だけ眠り姫たち

静穏の休憩室に午睡する照明助手を西日が照らす

歌う度詩たちは花火になってゆく言葉が光るところを見よう

夢を売る甘いジュースの自販機もコーヒーだけはしっかり苦い

ずっと手をつないでいたいでもだめだ男女でトイレは別々だから

どなたでも水族館にいる時は水族となることができます

ロボットのレストラン勤めのエンジニア一応ロボにも「お疲れ様です」

ぼくうさぎ　さみしくないよカラフルな鳥獣戯画の中でダンスだ

眠れない人の数だけ人工の美少女たちが生まれるアニメ

大丈夫お化け屋敷は怖くないお化けが出るって分かっているから

理科室で共同実験しませんか思い出全て触媒となれ

夜の街駆けてプレゼント届けてサンタクロースは肉体労働

季節って来たり過ぎたりしますよね捕らえて部屋で飼えませんかね

神のない神話にしよう神無月　舞台は君が今いるところ

Ⅱ　機械仕掛けの夢

電影

使い捨てカメラが終わるまで撮って花火の真空パックをつくる

海沿いの工場夜景の暗闇に失くしたぬいぐるみが住んでいる

魔術師が活躍をする異世界にあるのだろうか朝のゴミ出し

ネクタイの気球の柄は一匹の犬しか乗っていなくても飛ぶ

ねえアリス泣いた理由をうさぎ語で教えて「あなたのそういうところ」

最高に幸せにしてと願ったら具体的にと魔人の注意

月の地図なつかしそうに眺めてるバニーガールはカグヤという名

狸には戻れないけど愛される分福茶釜の絵本の笑顔

木製の桂馬の背へと飛び乗って跳ねて跳ねれば意外な明日

飛び跳ねる桂馬の羽は透明で遅刻しそうな私に貸して

「簡単な間違い探しだ解るかい」第二釦はどうなさったの

虹の尾に使うはしごのてっぺんで卒業式を見下ろしている

歯車はつながったまま午睡する廃遊園地　草むらの果て

ぬいぐるみ畑に降ったわた雪を食べて大きくなるくまごろう

休憩に道路標識職人は失敗作に天国と書く

世界樹の植木職人になったら木と雑談が出来るそうです

ミニカーに小さき自分を乗せたなら畳は黄金色の平原

弟が一人カラオケする胸に立ち入り禁止の雪原はある

姉弟の心の中で飼っていた龍が植物園をつくった

結晶の花が散るちるルチル散るチルチルミチルは帰っていった

文庫本「ハローワールド」を開けば視界いっぱい「サヨナラ」が降る

童話ならバッドエンドになるだろう大きいリンゴ飴の方にする

空想とあらばすぐさま呼び出され遂に筋肉痛のペガサス

ミッミッ！とロードランナーは過ぎるよ今イカロスの実家の前を

夕刻の回し車のやうな街ゆゆゆんゆゆんたゆたひあゆむ

音たちが羽をたたんで眠ってるギターの穴はいつも真夜中

灯台を載せた岬は灯台のない岬より張り切っている

イラストの地球に顔があるけれど口の地域に住みたくないな

世界からもらった言葉を宇宙へと還せばきっともう迷わない

インベーダーゲームを終えてそれぞれの故郷へ帰る宇宙人たち

遊園地

フォグランプを灯して走る遊園地行きの電車は曇天の下

自家製のないしょ集めにトイカメラ　わくわくできた日に◎

電球が光り止まない傘の下眩しそうだね回転木馬

インフレをしていく夢が怖くなり豚さんに乗る回転木馬

イベントの宝石探しの砂利に手を差してひんやりしてから探す

研修で「回転体は危険だ」と聞いた翌日コーヒーカップ

うわ、いやだ！お化け屋敷の亡霊にリアクションする無駄な気遣い

哀愁を誘うお化けが水色のライトを浴びる　怖がっておく

妖怪の塗装が剝げた人形に触った指が甘噛みされる

雨の日もお化け屋敷で待っている一つ目小僧は膝を抱えて

日常を遊園地に行くまで過ごす序章と思い減らす肩こり

ピエロのルル

幸せな道化のままでいたいからテントを縫って修理している

晴れたから火の輪くぐりのライオンの少し焦げてるたてがみを切る

ドーランの成分表を読んだけどカタカナだらけでピンとこないや

休日にピエロのメイクを落としたらよくいる顔の名無しの少女

テントよりカラフルな服をこの前の投げ銭全部で一着買った

舞台での作り笑顔に慣れちゃってほんとに笑う練習をする

自分用に買った帽子をショーの時、象の頭に乗せてあげるの

駆け出しの手品師のミス帽子からスズメが出ても構いませんよ

ショーの後、撮影タイムがあるみたい化粧直しを念入りにする

公演が済んだら次の街へ行く楽しいことだけ覚えておくの

車窓から海が見えるよ叫ぼうか迷って結局「あ、海！」って言う

少しでも君が笑ってくれるまで本気でまじめにふざけ続ける

きかい

ひゅんひゅんと通り過ぎ行くかなしみを光らせるためのぞみと呼んだ

補助輪を外して土手を飛ばすとき全細胞はマッハのこども

信号がちパちパ点滅する時は機械としての一所懸命

宙吊りのエレベーターの体内で金魚の名前を考えていた

電球の心臓ゆえにチリチリと燃えて光りし機械の蛍

はつなつの車掌詰所の上にある室外機から「ふぁんふぁん」と声

ロボットがくしゃみをしても銀色の素肌のままでじゅうぶん素敵

未来ってアルミホイルに似た服をみんな着てると思っていたが

ぱちぱちと赤く光って駆け抜ける亀のおもちゃのおなかにタイヤ

クレーンは鶴の意味だが飛ばないぜ地上勤務のプライドがある

人間を積極的に生きさせるシステムとしてよい炊飯器

天使型メカのおめかしスケルトンボディーにハートの絆創膏を

雨の中立ちっぱなしの自販機は売切ボタンが充血してる

飛んで行け　電話ボックスいっぱいに閉じ込められた言葉を逃がす

ロボットが人を励ます為だけに関節部から出す万国旗

鉄塔は果てまでずっと続いてる終わりの向こうの村まで届け

満月で無線電波を反射させＣＱＣＱどこにいますか

夜を突き破って加速　宇宙語の手紙を運ぶ銀色の鳩

心音はスペースシップの機械音　地球に不時着した僕たちの

いるか座と宇宙アンテナの子供は扇風機だと受信しました

フィッシュボーンアンテナ群は夕焼けて空に言葉を泳がせている

永遠の３秒前で永遠に止まってしまう時計を直す

触れないものをつくるよ　通過する新幹線はやぶさの色

回想は回送電車に乗せた今　時は体に染み込んでくる

Ⅲ　メロンに傘

ガッコウ

口中でガムとチョコとを戦わせ遠足バスは夕焼けまみれ

新品のお道具箱のフタにいるライオンの絵も見守っている

窓辺にて止まない雪をカンニングすれば白紙となりし校庭

校庭で拾った石のいくつかを隕石という設定にした

生命の起源を語る先生が白衣の内に隠したタバコ

見学は塩素のにおい　ありんこは海老の味ってきみから聞いた

保健室で「友達の作り方」という資料を渡されトイレに流す

友だちをつくれるもんなら作ったるお道具箱の紙とハサミで

のびしろを「のりしろがある」と言われて組み立て式の未来が届く

教室で君が泣いたという噂、どうか誤報でありますように

弁当の手羽先さえも飛びたがる青空のもとピクニックの日

制服でセンチメンタル担当の当番になる屋上は晴れ

流れゆく雲であっても空という居場所はあってきっと私も

夕焼けのさよなら色に守られてチャイムの音がしょっぱくなった

卒業の日の思い出を吊革の輪っかの中にちょっぴり捨てた

卒業はカーテンコールの向こう側いつもの町も番外編だ

理科室

「エサくれる人」でいいから理科室でわたしを待っていて、プラナリア

将来は知らずもこもこ育ちゆくリトマス紙になるリトマス苔は

フラスコの中で踊れよ純物質・化合物　今マイムマイムを

液体が四則演算をしていてまだ終わらない炭酸の泡

捨てないが本と体は可燃物　せめて言葉は不燃で残れ

理科室の古い標本もう何の生き物だったかよく分からない

家というアンモナイトの殻の中やわらかすぎる生身をしまう

筋肉のつくりを生徒に見せるため一肌脱いだ人体模型

水鳥の卵の殻の内側か　白くくすんだ理科室の壁

理科室に戻りたいけど理科室になるため理系の大学へ行く

永遠に手をのばそうと歌う日々　たんぱく質の体のままで

静寂（しじま）なる研究室でフラスコのサンプル個体と話がしたい

フェアレディーZ

幼き日公園脇のアパートに赤々と咲くフェアレディーZ

ぴかぴかの赤に触って怒られるかと思ったら「カッコイイだろ?」

車体には小さな手形はっきりと　他人と分かりあった瞬間

色々な「あか」の言葉を知ったけど　この時以上の赤を知らない

アパートは都市計画で無くなって追憶になるフェアレディーZ

思い出を含んだ重さ手のひらに塗装の剝げた銀のミニカー

ミニカーも今はどこかになくなって記憶の中の赤だけ赤い

廃列車

廃列車　切符は拝見しませんよ　雨が止むまで話していよう

割れている窓をよいしょとくぐったら運転席のレバーをがこがこ

家出用リュックに入れて持ってきたオレンジジュースがぬるくなってる

雨漏りでマンガが濡れてぐよぐよだ二度と読めなくなってしまった

どしゃぶりできみの話が聞こえない　だから　それで　なに　どうしたの

きみんちで食べちゃダメって言われてる外国のお菓子交互に食べる

つり革でうんていみたく遊んでも今はだあれも怒らない、よね

雨音を数えていたら眠くなり短い夢をみていたらしい

「ねてた！」って教えてくれるきみがいて雨もちょっぴり弱くなってる

網棚はあみあみのまま僕だって大きくなっても人間のまま

雨が止みリュックに荷物を詰めなおす　窓に手形をつけているきみ

廃線のレールを辿り日常へ　宿題をまだやってなかった

廃線の電車のようなアパートをシュークリームの終点にする

メロンに傘

ドライブで畑の中に見えるあれ、バスかバスだねバスでした初夏

釣り堀で遊ぶのもいい人生の番外編として楽しめる

釣り堀で何にも釣れず仰ぎ見た初夏の青空にはうろこ雲

炭酸のジュースは晴れた空の味へりこぷたーがルプルプ踊る

デパートの気力売り場の店員が無力の試食を熱く勧める

転ぶことが職業である人もいる転倒注意の看板のひと

蛇花火　煙で夏を終わらせて思い出す度むせてしまうよ

地球から外出禁止のぼくたちに宇宙の涙みたいな雨を

メロンって雨でいたんでしまうから畑のメロンに緑の傘を

業務用お子様ランチだとしてもぼくには食べるお宝だった

「いっせーのせ」で飛んだなら着地したその足下(あしもと)が地球のほっぺ

全身をアンテナにして笑えたら今までもいつまでも歌の子

リフレイン、レイン　村には透明な歌が降るからきっと会えるよ

透明な歌の降る村　ぼくたちの存在さえも宇宙の夢か

生きていくことの切なさその揺らぎ　宇宙の書記として文字にする

Ⅳ　あんとるめ

日常カノン

大丈夫（仮）だと言い聞かせ月曜朝の始発に座る

オルゴールを聴きながら乗る地下鉄はおもちゃの箱を貫いていく

人力で解決できる事だけをやることリストに書き付けておく

2日間こもった家を出てみれば情報量がオーケストラだ

脳みそが凝ってトイレで手を洗い蛍光ピンクの造花を眺む

カラフルな金平糖の袋にはいきいきフレッシュ！のシールあり

キンキンのカルピスソーダの炭酸で乳酸菌がシビレているぜ

野良猫が縁側に来て鼻先の１㎝だけ家に入った

ついさっき鳥になりたいと言ったが口に焼き鳥唐揚げと酒

気苦労を青く語らう居酒屋で食べるぼんじり一番美味い

駅名が聞こえるまでは吊革に生えるバナナになりきっている

帰り道歩くかバスかの選択の折衷案でバスまで歩く

肺の中全て瑠璃色夜明け色タバコのようにふかす思い出

選ばれし残留思念が出世して思い出という役職に就く

すべり台の頂上から見た青空をビル６Ｆの屋上で見る

銭湯のドールハウスを組み立てる前にお風呂に入っておこう

いのちからひとつ名札をぶら下げたアドバルーンは深海の色

不確かなユートピアでも冷房とドリンクバーは守ってくれた

クレープに包まれている業務用プリン主役でなくてもプリン

泡ハンドソープ容器に詰め替えたミューズが泡になって出てくる

かしましい声がちらほら生えているいのちパークとしての食堂

楽園を造り癒されよう！というゲームにのめりこんで疲れた

夏の夜(よ)にオレンジ水(すい)を飲み干して喉の奥から甘露煮となる

カチューシャはうさみみでって言ったのにメイド少女がくれる熊耳

終電の向こうにきっとあるだろう忘れ傘だけ住んでいる町

間違わず生きてきたのか考えて耳の後ろを洗い忘れる

幸せは手出しをすると酔拳をくり出すこともあるぞ注意だ

心臓の底に住みつく透明な音楽として生活はある

お願いをしていこうかな道端に小さい大明神があるから

夏の喉仏

夏の喉仏を鳴らす飲み切ったラムネの瓶を何度も振って
空っぽのブリキの如雨露を傾けて水中花には無を与えよう

地球上ぐるぐる巡る体液は水と呼ばれて飲んだりできる

藍染めを何回すればあの空を飛べるドレスが出来るのだろう

ゆらぎいろドキュメンタリー　空だってときどきシマシマもようになるよ

幸せに必ずなれる出来レースだったらいいな雲のかけっこ

明滅のメッツの時には眠れるよメイの時には探しにゆける

パレードのひとりひとりに心配と未来がきっとあるんだろうな

交差点Hug（ハグ）れてごめん　本当はバスがいいけど共に歩こう

今よりももっと遠くに行くために言葉は切符に姿を変える

ライカ犬、また会えるなら見に行こう。長い光は明るさになる

ココアをほどく

待ち合わせ　風が手首を撫でるとき　ビル、ビル、ひとつ飛ばして君だ

あてもなく心揺れますご注意をスワンボートは塗りなおされて

水中花「溺れてかわいそうだよ」と掬う君おり爪の桃色

ムーミンの切手のように静かです君は完結した物語

ふときしむ心のような黒髪を染めずに毛先だけ巻いてみる

まんぼうの昼寝のようなお祭りで手をつなげずにつながず歩く

空港へ行くバスの中揺れているペットボトルのもうぬるいお茶

トマト投げ祭りの赤い雨のなか生まれ変わって出会いたかった

夕焼けの恐竜園で手をつなぐ　絶滅しても構わないのに

ほうじ茶の成分表を読んでいる　また（会えるよ）ね、とは言わないで

海と雨どちらが知っているだろうビターココアをほどく方法

雨傘を閉じるパツンという音を終わりの成分表に加える

希望とはドールハウスを組み立てる為のボンドを買いに行く道

トング

生きている証生きていていい証なくてもいいのになぜか欲しくて
終わらない夢はないって聞いたけど童話は今も語り継がれる

救いにも苦痛の原因にも使う　口から出した意味のある音

足裏の支部ではなくてよかったと脳細胞は語り始める

散らばったヒントを拾い辿り着く歌はどういう風景だろう

自意識の過剰積載をしている少し止まって整頓しよう

絶望の反対車線を走ったら未来に辿りつけるだろうか

未来という言葉は明るくうやむやで都合の悪いこともぼかせる

君子ではなくても危険に寄らないが工事を告げる坊やは好きだ

ハッピーは素手で触ると火傷するトングで拾ってしまっておこう

目薬の小瓶の中で泣きましょう泪で出来た町があるから

いなくてもいても世界に大差ない　それが悔しいから生きている

存在は世界をつくる　語らない言葉も脳に存在している

終わりまで地球に間借りをしていたい月がうるうる揺れている日は

大人ぶる　プラネタリウムに鍵をして生きてもいいよ鍵は握って

祝祭は続いていくよ生きている全てのものを祝い切るまで

サイリウム　アクアリウムを抜け出した魚とともに光の海へ

航海に出る弟の目印に煌々とあれ天のポラリス

時というコマ撮り映画の中にいるいのちはきっと宇宙の余韻

目を閉じるようにゆるりと本を閉じインクで出来た言葉、おやすみ

来世ではきっと仲良くなるだろうカニグラタンの容器の蟹と

あんとるめ

さくらからチアフルは降る　襟元にまだ効いているワイシャツののり

再会じゃなくて何度も出会うだけいつも3月32日

夏は夢　空は高くて届かない　氷の中のおもちゃのように

壊れない夢が落ちては来ないかと射的の銃を天空に撃つ

モアレとはモアイのメスかと思いつつ黙って受ける背中の検査

人間は休みアイスの棒でいる「あたり」になって喜ばれたい

誰ひとり傷つくことのない庭で純度の高い今を探した

クリームの色だけが出る鉛筆と茶色で描こう理想のプリン

人類が宇宙の謎を解いた時「プライバシー！」と宇宙が叫ぶ

屋上と言葉をつなぎゆらゆれるアドバルーンの見えにくい紐

やわ、やわと結晶化していくだろう溶けないままの言葉の雫

おやつ時はたらくるまのミニカーは砂場の砂をこっそり食べる

色別に戦隊ごっこの担当はマーブルチョコを引いて決めたよ

何度でも体はガラス瓶になりコンペイトウが中で跳ねてる

まひるまのまま風鈴は鳴りやまず延々遠足し放題です

夢で見た流星群を捕まえて君は変わっていく天の川

青空の天蓋付きの秘密基地　転んでいいから走っておいで

ドーナツの穴の向こうに行きたくて言葉で言葉の向こうをつくる

贅沢なチョコを食べるとすぐに凪ぐ私の中の現金な海

答えなら遠くの遠くに待っていてわたしは遠くのわたしに会える

欲しかったぬいぐるみだけ買いに行く　そうだ止まるな急行電車

山笑う　さくらをすべて拾おうと花びらまみれになって踊った

きらめきをいつか忘れてしまうなら言葉で光る灯台になる

だいじょうぶ。きらきらとした無常でも言葉にすれば体温を持つ

今までの時空を圧縮して一首。ああ、みなさん聞こえましたか

雲母（きらら）咲くトミカのタンクローリーのプラスチックの背中のなかに

あとがき

祖父は大工の職人でした。私の実家は祖父が建てた木造二階建てです。
祖父は無口で、仕事一筋の人生でした。早くに亡くなり祖父が建てた家が残りました。
職人は亡くなっても作品が残る。それは私にとって希望でした。私も生きた証を残したい。
本が好きなので自分が著者の本を出版したいと日頃から考えていました。本ならば、言葉が
形になって残ると思いました。
祖父が遺した家に自分の本が置いてある。それは時空を超えた合作ではないでしょうか。
皆様のお力添えがあったからこそ夢が叶い、私は感無量です。
そしてこの本が、誰かにとって家のように安らぐことのできる場所になったらいいな、と
新しい夢を抱いておりります。

*

末筆ながらこの場を借りてお礼を申し上げます。
高校時代に福田淑子先生と出会い、その現代文の授業で短歌を知ったことがきっかけで短歌を詠むようになりました。福田先生と出会えたことと短歌と出会えたことが、私の人生で一番の幸運だと思います。歌集の出版を真っ先に相談した時、福田先生に背中を押して頂き、迷った時には応援して下さり、お礼を言い尽くせません。
現代短歌舟の会とその主宰の依田仁美様、原詩夏至様には歌作について様々なご指導ご鞭撻を頂き、大変勉強になっております。歌集出版の件でも応援をして下さり、ありがとうございます。
歌人集団かばんの会では、ペンネーム、屋上エデンでお世話になっております。前号評やかばんの勉強会Ｋａｂａｍｙなどで勉強させて頂きありがとうございます。
コールサック社の鈴木比佐雄様、座馬寛彦様には、丁寧なアドバイスと多大なるお力添えを頂き、この第一歌集が完成しました。夢を形にして頂き、誠にありがとうございます。
そして、この歌集をお読みになった皆様にお礼を申し上げます。

二〇一九年二月二十七日

岡田美幸

岡田美幸（おかだ　みゆき）

1991 年 4 月 23 日埼玉県生まれ
東京電機大学理工学部生命理工学科卒業
「歌人集団 かばんの会」「現代短歌 舟の会」所属
2018 年　第 6 回近藤芳美賞選者賞（岡井隆選）
　　　　第 24 回与謝野晶子短歌文学賞入選

E-mail: okuzyouedenn@hotmail.co.jp
TwitterID: okuzyouedenn25
郵送先：〒 353-0004　埼玉県志木市本町 3-1-6
　　　　志木市上町郵便局留め　岡田美幸宛

COAL SACK 銀河短歌叢書 9
歌集　現代鳥獣戯画

2019 年 5 月 1 日初版発行
著　者　岡田美幸
編　集　座馬寛彦・鈴木比佐雄
発行者　鈴木比佐雄
発行所　株式会社 コールサック社
〒173-0004　東京都板橋区板橋 2-63-4-209
電話 03-5944-3258　FAX 03-5944-3238
suzuki@coal-sack.com　http://www.coal-sack.com
郵便振替　00180-4-741802
印刷管理　（株）コールサック社　製作部

*カバー・大扉装画　もの久保　*装丁　奥川はるみ

落丁本・乱丁本はお取り替えいたします。
ISBN978-4-86435-385-4　C1092　￥1500E